✦ 献给我的父亲 ✦

亨利盖了一座小木屋
Hengli Gai Le Yi Zuo Xiao Muwu

出 品 人：柳　漾
项目主管：石诗瑶
策划编辑：柳　漾
责任编辑：陈诗艺
助理编辑：马　玲
责任美编：邓　莉
责任技编：李春林

Henry Builds a Cabin
Copyright © 2002 by D.B.Johnson
Simplified Chinese edition copyright © 2019 by
Guangxi Normal University Press Group Co., Ltd.
This edition arranged with Houghton Mifflin
Harcourt Publishing Company through Bardon-
Chinese Media Agency.
著作权合同登记号桂图登字：20-2016-263号

图书在版编目（CIP）数据

亨利盖了一座小木屋／（美）D.B. 约翰逊著绘；柳漾译.
桂林：广西师范大学出版社，2019.1
（魔法象. 图画书王国）
书名原文：Henry Builds a Cabin
ISBN 978-7-5598-1235-3

Ⅰ. ①亨… Ⅱ. ① D…②柳…Ⅲ. ①儿童故事 – 图画故事 – 美国 –
现代 Ⅳ. ① I712.85

中国版本图书馆 CIP 数据核字（2018）第 234852 号

广西师范大学出版社出版发行

（广西桂林市五里店路 9 号　邮政编码：541004
网址：http://www.bbtpress.com ）
出版人：张艺兵
全国新华书店经销
北京尚唐印刷包装有限公司印刷
（北京市顺义区牛栏山镇腾仁路 11 号　邮政编码：101399）
开本：787 mm × 1 150 mm　1/12
印张：2 8/12　插页：20　字数：40 千字
2019 年 1 月第 1 版　2019 年 1 月第 1 次印刷
定价：39. 80 元

如发现印装质量问题，影响阅读，
请与出版社发行部门联系调换。

亨利盖了一座小木屋

[美] D.B.约翰逊 / 著·绘　　柳　漾 / 译

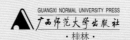

GUANGXI NORMAL UNIVERSITY PRESS
广西师范大学出版社
·桂林·

春天的一天，亨利决定盖一座小木屋。

他借来一把斧头，砍了十二棵树。

亨利把原木劈成了一根根方梁。

他在方梁上开槽，做好了能榫接的底梁、角柱、天花梁和屋顶梁。

到了四月，亨利的好朋友爱默生来帮忙上梁。

忙了一会儿，他有些饿了。

"亨利，"爱默生说，"你的小木屋太小了，连吃东西的地儿都没有。"

"实际要比看起来大得多。"亨利说。

然后，亨利带爱默生来到屋后，那里有一块他种豆角的地。

"盖好了小木屋，这里就是我的餐厅。"

五月，亨利买了一个旧木棚，把它全拆了。

他把这些板材钉在小木屋的地板、屋顶和四周。

正要钉下最后一块板材，亨利的朋友奥尔科特来了。

"亨利,"他说,"你的小木屋太暗了,不适合读书。"

"实际要比看起来亮得多。"亨利说。

然后，亨利带奥尔科特来到小木屋旁一个明亮的地方。

"盖好了小木屋，这里就是我的书房。"

六月，亨利给小木屋安了一扇门，还在小木屋两侧装了旧窗户。

他又买了些二手的屋顶板和墙板。

亨利正要钉下最后一块墙板，莉迪亚女士从窗户往里瞧了瞧。

"亨利，"她说，"你的小木屋太小了，根本没法跳舞。"

"实际要比看起来大得多。"亨利说。

然后，亨利带她来到屋前，有条小路一直延伸到池塘。

"盖好了小木屋，这里就是我的舞厅。它还会有一级级台阶。"

七月四日，亨利搬进了小木屋。

他在餐厅里吃豆角。

他在书房里读书。

他沿着通向池塘的台阶跳舞。

下雨了，亨利赶紧跑回小木屋。

"实际比看起来大得多。"亨利说，"下雨的话，这座小木屋刚刚好！"

关于亨利的小木屋

亨利·大卫·梭罗是历史上的真实人物。150多年前，亨利住在美国马萨诸塞州的康科德镇。在瓦尔登湖旁边的树林里，他盖了一座小木屋。小木屋宽3米，长4.5米，只够放下一张床、一张书桌、一张餐桌和三把椅子。亨利不想花费太多钱，所以只盖了这么一座小木屋。他买了旧窗户、旧板材，还有砖，比新的也便宜不少。而且，他没有花钱雇人来盖小木屋，而是自己动手，当然，还有几位朋友帮忙。最后算下来，小木屋只花了28.125美元。

1845年7月4日，亨利搬进了小木屋。下雪之前，他新盖了壁炉和烟囱，还给墙壁刷了一层灰泥，所以屋里没有那么冷。亨利在这儿住了两年。

康科德镇的人们搞不明白，亨利为什么要从镇上搬到树林里。事实上，亨利只是想找个安静的地方写一本书，记录他所喜欢的野外的一切。他坚持写日记，记录在树林和湖边的见闻：不同的季节里植物和动物的变化，什么时候花开了，什么时候浆果熟了。他用湖边的生活经历与我们分享，如何快乐地生活，而不是时时刻刻忙着挣钱。亨利写了一本关于这段时光的书，也就是《瓦尔登湖》。书里这样写道：

　　大多数人似乎从来没有想过一栋房子意味着什么，很多人就这样穷了一辈子，因为他们认为必须拥有和邻居一样让人羡慕的房子，其实，大可不必。

板材	8.035 美元
二手屋顶板、墙板	4.00 美元
条板	1.25 美元
两扇旧窗户	2.43 美元
1000 块旧砖	4.00 美元
两桶石灰	2.40 美元
毛发	0.31 美元
壁炉架用铁	0.15 美元
钉子	3.90 美元
铰链和螺钉	0.14 美元
门闩	0.10 美元
粉笔	0.01 美元
运费	1.40 美元
共计	28.125 美元

*石灰和毛发主要用来做刷墙的灰泥。